bromera

EL MICALET GALÀCTIC

COL·LECCIÓ DIRIGIDA PER JOSEP A. FLUIXÀ

ÚLTIMS TÍTOLS PUBLICATS DE LA SÈRIE ROJA - A PARTIR DE 10 ANYS

183. *El guardià dels cinc secrets.* David Navalón / Esperança Martínez
187. *Tu t'ho perds, julivert!* Lourdes Boïgues / Pam López
189. *Ai, quina Gràcia!* Maria Torres Palau / Toni Cabo
191. *Contes per paraules.* Agustín Fernández Paz / Javier Lacasta Llácer
192. *29 poemes per al dia a dia i un per a la nit.* Carles Cano / Paco Giménez
194. *La princesa Totpamí.* Carles Cano / Paco Giménez
197. *El buscador de contes.* Jordi Raül Verdú / Marc Bou
200. *El meu malson favorit.* María Solar / Josep Giró
203. *Mònica, Tonet i l'home que fabricava flautes de canya.* Enric Lluch / Mikko
207. *Aitana, investigadora privada.* David Navalón / Paulapé
213. *Diari d'unes vacances avorrides.* Pep Castellano / Pam López
217. *Èric i la princesa dels gels.* Juane Gumbau / Jesús Huguet
218. *Peter Pan i la desaparició del foc.* Josep Antoni Fluixà / Pau Valls
221. *Un mocador de pirata.* Ximo Cerdà / Jordi Sunyer
229. *Ona i Roc i els tigres de Sumatra.* Muriel Villanueva / Julia Cejas
231. *L'enigma del centenari.* Enric Lluch / Julia Cejas
232. *Minerva, una vampira de veritat.* David Navalón / Gloria Celma
235. *Com m'agradaria que estigueres ací.* Charo Pita / Dani Padrón
237. *El misteri de Serra Perduda.* Francesc Gisbert / Mar Silvestre
248. *L'ofici de la mar.* Josep Antoni Fluixà / Cèsar Barceló
252. *Mariola i la botiga de la font.* Maria Josepa Payà / Jesús Huguet

Hi ha unes propostes didàctiques referides a aquest llibre que es poden descarregar de manera gratuïta des del web de Bromera: www.bromera.com.

Av. Areners, s/n (Pol. El Pla) - 46600 Alzira
www.bromera.com
Disseny de la col·lecció: Enric Solbes
Impressió: Romayà-Valls

1a edició: abril, 2022
ISBN: 978-84-1358-270-2
DL: V-487-2022

PAPER ECOLÒGIC
TCF LLIURE DE CLOR

FOTOCOPIAR LLIBRES
NO ÉS LEGAL

LLIBRE AMIC DELS BOSCOS
PAPER PROCEDENT DE FONTS RESPONSABLES

EL MICALET GALÀCTIC

Mariola i la botiga de la font

Maria Josepa Payà

Il·lustracions de Jesús Huguet

XXVI Premi de Narrativa Infantil
Vicent Silvestre

EL MICALET GALÀCTIC
bromera

Premis Literaris Ciutat d'Alzira

Aquesta obra va obtindre el XXVI Premi de Narrativa Infantil Vicent Silvestre, instituït per l'Ajuntament d'Alzira. Formaven el jurat Alfred Aranda, Bernat Bataller, Beatriu Cajal, Immaculada Cerdà i Francesc Puigpelat.

1
Mariola

Mariola estava tombada en el sofà, quieta, quasi sense respirar, quan sa mare la va cridar des de la cuina.

–Per favor, Mariola, vine, que necessite que vages a la tenda.

–Ara no puc, mare –va contestar la xiqueta en veu baixa.

–Per què no? Què fas? –preguntà sa mare des de la cuina.

–No faig res, però no puc –contestà de nou en veu un poc més alta, però no molt.

–Si no fas res, sí que pots vindre –la veu de la dona començava a sonar enfadada–. Vine ara mateix. On estàs?

–Estic en el sofà, però de veritat que no puc –va dir la xiqueta en un to de veu que volia ser alt però al mateix temps baix.

I és que, encara que sa mare no ho entenguera, era veritat que no podia anar. La seua gateta Lluna se li havia adormit damunt i, si es movia, la despertaria.

Elena, que així li deien a la mare de Mariola, va eixir de la cuina amb cara enfadada i decidida a marmolar-la. Però, quan va veure la filla tombada en el sofà, quieta com una mòmia, amb Lluna damunt del pit, se li va passar l'enuig i va somriure.

–Pspspspspsp –va dir Elena.

Lluna, sense obrir els ulls, va alçar les orelles.

–Pspspspspspsps –va xiuxiuar de nou Elena.

En l'acte, la gateta es va despertar del tot i va saltar a terra per a entrar a la cuina, on Elena li va donar una poqueta llet en un plat.

–Com que ja pots moure't –va dir Elena amb un somriure–, acosta't a la tenda i compra arròs, que en necessite per a fer el dinar i no me'n queda.

–Ara vaig.

–I una dotzena d'ous.

–Alguna cosa més? –va preguntar Mariola amb desgana.

–Sí –digué Elena–. Mira si hi ha cireres i dus-ne un quilo. Les que vaig comprar l'altre dia estaven boníssimes.

Mariola va agafar el cabàs i el moneder que li donava sa mare i va eixir al carrer. Caminava a espai, costera amunt, repetint mentalment el que havia de comprar per a no oblidar-ho.

–Aquesta costera tan costeruda costa de pujar –anava pensant Mariola–, però encara tinc sort, perquè ara vaig de buit, i quan torne carregada amb la compra tot el camí serà costera avall, perquè, si fora al revés, amb aquesta calor...

Quan va arribar a la botiga, la va sorprendre un cartell a la porta que no havia vist abans. Just al costat de l'anunci d'un curs de fotografia, damunt d'on estaven els horaris de la piscina municipal, hi havia un rètol amb fons groc fosforescent i lletres negres on es podia llegir: «Liquidació per tancament».

–Liquidació per tancament..., liquidació per tancament... –va repetir mentalment Mariola, tractant d'entendre què significava.

Va espentar la porta i, al so de les campanetes, va eixir Batiste el botiguer.

–Hola, Mariola, bon dia –li va dir somrient–. Què necessites?

–...

–No te'n recordes? –va preguntar Batiste divertit.

Mariola va intentar recordar el que sa mare li havia demanat, però en la seua ment només hi havia tres paraules omplint-ho tot.

–Liquidació per tancament... què és? –va preguntar finalment.

Batiste va sospirar i es va quedar callat un moment abans de contestar.

–Significa que prompte tancarem la botiga –va dir amb una veu no tan alegre com abans.

–Però... tancareu perquè demà és diumenge, i dilluns obriu una altra vegada, no? No havia vist mai aquest cartell i no sé què significa.

–Sí –va explicar Batiste–, dilluns obrim una altra vegada, però abans que acabe l'estiu tancarem del tot i ja no obrirem més.

LIQUIDACIÓ
PER
TANCAMENT

Mariola va notar que Batiste estava trist, i just quan anava a preguntar-li que per què, va entrar una altra clienta a la botiga.

–Llavors, Mariola –va dir Batiste en veu més alta, canviant de tema–, què és el que venies a comprar?

Mariola no se'n recordava. Buscava en la seua ment i només hi trobava aquella estranya frase, «Liquidació per tancament», que continuava sense entendre.

–No et preocupes –va dir Batiste–. Cride a ta mare i li ho pregunte. Hauries d'haver-te fet una llista abans de vindre. No saps allò de «val més un llapis curt que una memòria llarga?».

Mentre Batiste cridava a Elena, Mariola va recórrer la botiga amb la mirada. A part del forn i de la papereria, aquesta era l'única botiga del poble, i a Mariola li agradava molt. Tenia dos mostradors de fusta, prestatges que arribaven fins al sostre, plens de pots i paquets. Tan altes estaven algunes coses que Batiste, i també Adela, la dona, utilitzaven per a arribar-hi una espècie de mà biònica enganxada a un pal llarg. Era com una mà de robot amb tres dits, capaç d'agarrar un pot, o una bossa, i baixar-los sense que caigueren. A Mariola li agradava molt veure com usaven aquell artefacte, i a vegades demanava alguna cosa de l'últim prestatge només per veure com la baixaven fins al taulell.

A la botiga també hi havia cistelles amb verdura i fruita, un congelador enorme i una nevera gran amb la porta de vidre, que és on estaven els refrescos i els iogurts.

La filla dels amos, Daniela, era molt amiga de Mariola. Alguns dies, en eixir del col·le, Mariola acompanyava Daniela a la botiga i sa mare els donava de berenar. Podien triar el que volgueren del mostrador: pernil, formatge, xoriço..., i Adela ho tallava en una màquina per a preparar-los l'entrepà. El preferit de Mariola era el de formatge amb codonyat, i el de Daniela, el de cuixot amb oli i tomata. Després s'asseien a la vorera a menjar-s'ho, perquè la mare de Daniela no les deixava jugar a res fins que s'ho acabaren.

De vegades, Daniela i Mariola ajudaven a la tenda, col·locant pots en les prestatgeries o doblegant les caixes buides per a dur-les a reciclar. Però el que més els agradava a les xiquetes era netejar el vidre de l'aparador. Es llevaven les sabates i pujaven a la tarima, esquivant perols i cafeteres, per a accedir al vidre des de dins. Mentre treballaven, amb netejavidres i draps, saludaven la gent que passava pel carrer. De vegades es quedaven quietes com maniquins, esperant que alguna persona s'aturara a mirar-les, i aleshores es movien de repent i reien de la seua cara de sorpresa.

–He parlat amb ta mare i ja sé el que volia –va dir Batiste guardant el mòbil en la butxaca del davantal–: arròs, ous i cireres.

–Ah, sí. Ja me'n recorde –va contestar Mariola.

–En bona hora –va dir Batiste rient mentre pesava les cireres i col·locava tot en el cabàs–. Te n'has recordat quan ja no feia falta. La pròxima vegada fes-te una llista amb el que has de comprar, que val més un llapis curt que una memòria llarga.

Mariola anava a dir-li que això del llapis curt ja li ho havia dit abans, però no li va dir res. Batiste parlava alegrement, com si ja no recordara que feia només un moment havien estat parlant de la «liquidació per tancament». Això no obstant, Mariola va pensar que potser només estava dissimulant davant de les altres clientes, i que en realitat continuava trist, però no volia parlar del tema.

Mentre baixava la costera cap a casa, carregada amb les cireres, els ous i l'arròs, Mariola continuava pegant voltes al cap al que havia dit Batiste. No havia entés bé allò que anaven a tancar la botiga del tot. Potser, pensava, el que Batiste volia dir és que la porta de la botiga estaria tancada i haurien d'entrar per la porta del costat, que era la casa on vivia amb la família, com quan alguna vegada havien hagut d'anar un diumenge a buscar una cosa urgent, estant la botiga tancada. Era divertit entrar a la botiga des de la casa de Daniela, perquè aquesta semblava una casa normal fins que obries una porta, una porta igualeta a les dels dormitoris, i entraves en la rebotiga, que era un quartet sense finestra ple de caixes i prestatges, i d'allí eixies a la botiga per darrere del mostrador.

Mariola va pensar que seria alguna cosa així com una botiga secreta, tancada, i que només podrien entrar-hi els qui saberen el secret que es podia passar des de la casa del costat. Però per què fer això? Per què amagar la tenda i fer-la secreta? Havia de preguntar-li-ho a Daniela. Ella li ho explicaria tot.

2
Daniela

Quan Mariola va arribar a casa, sa mare l'estava esperant a la porta, segurament per a renyir-la pel seu oblit, però ella va ser més ràpida i va preguntar primer.

–Mare, és veritat que la botiga tancarà per a no obrir més? M'ho ha dit Batiste.

Elena va arrufar les celles abans de contestar.

–Llavors va de debò –va dir–. Havia sentit alguna cosa, però no n'estava segura.

–Però per què?

–Doncs perquè cada vegada va menys gent a comprar, i no guanyen prou per a viure –va contestar Elena–. Sembla que volen anar-se'n a Xàtiva i treballar allí. M'ho va comentar l'àvia de Daniela, la mare de Batiste, però encara no ho tenien del tot clar. Però, si han posat el cartell de liquidació, deu ser que ja és segur.

Mariola va tardar uns segons a assimilar la informació.

–Això vol dir que, si ells se'n van, Daniela se n'anirà també?

–Sí, clar. Daniela és la seua filla i se n'anirà amb ells. No pot quedar-se ací sola. Només és una xiqueta.

Mariola no sabia què dir ni què pensar. Daniela era una de les seues millors amigues, i no podia ni imaginar-se perdre-la. L'any anterior ja se n'havia anat el seu amic Sergi. Tampoc Laia, la seua millor amiga quan era xicoteta, vivia ja al poble, i només la veia quan tornava per a les festes, una setmana a l'any.

–Parlaré amb ells i els diré que es queden. No se'n poden anar. Daniela no –va dir Mariola decidida.

Abans que sa mare poguera dir res, la xiqueta va deixar el cabàs en terra i va eixir corrents de nou carrer amunt. Havia de parlar amb Daniela. No podien anar-se'n del poble, i menys precisament ara que anaven a passar a sisé. Tenien molts plans per al nou curs. Serien les majors del col·le, les que organitzarien el festival de Nadal i el de fi de curs. Encara havien de decidir a on anar, i veure com traurien els diners, i dissenyar unes samarretes ben boniques per a tot el grup.

Mariola va arribar a la botiga quasi sense alé. Va espentar la porta, sonaren les campanetes i, just quan anava a preguntar per l'amiga, la va veure ordenant el prestatge de les melmelades. A Daniela li agradava que estigueren ordenades per colors, de clar a fosc: pera, pruna, albercoc, bresquilla, taronja, maduixa i fruites del bosc, i que totes les etiquetes miraren cap avant. A vegades algú les movia o les desordenava, i Daniela les tornava a col·locar bé.

–Hem de parlar –va dir Mariola molt seriosa. Daniela la va mirar estranyada.

–D'acord –va dir, sense saber de què anava la cosa–. Què passa?

–Isquem fora.

Al carrer no hi havia ningú. El sol estava en el més alt i feia calor en aquell migdia de juliol. Mariola i Daniela es van asseure en un portal, l'una al costat de l'altra, buscant la poca ombra que projectava la volada de teules de la casa.

–És veritat que els teus pares tanquen la botiga i que, en acabant l'estiu, us n'aneu a viure a Xàtiva? –Mariola parlava sense mirar l'amiga, perquè tenia por de posar-se a plorar.

–Sí. Ens n'anem. Els meus pares han trobat treball allí –Daniela tampoc apartava els ulls de terra, sense mirar a Mariola–. Viurem en un pis que han llogat.

–I tu aniràs a un altre col·legi.

–Sí, a un que queda prop del pis. L'he vist des de fora. Està bé. Té un pati molt gran, amb dues pistes de bàsquet i un rocòdrom.

–Però segur que no és com aquest, com la nostra escola.

–No, no és tan bonic –Daniela parlava amb veu cada vegada més trista.

–I què faràs allí tu a soles? –a Mariola se li estaven omplint els ulls de llàgrimes–. Amb qui jugaràs?

–Diu ma mare que de seguida faré amics nous –la veu de Daniela sonava cada vegada més feble–.

Però jo crec que no, que tardaré molt a fer amics. Ni tan sols sé què fan aquells xiquets quan ixen d'escola, ni a on van a jugar.

–Però els teus amics som nosaltres. Sempre ho hem sigut i sempre ho serem –va dir Mariola amb veu trista.

A les dues xiquetes se'ls feia difícil continuar parlant.

–Diu ma mare que vindrem a l'estiu, a passar un mes –digué Daniela amb un fil de veu–, i que també vindrem algun cap de setmana a veure l'àvia.

–No te'n vages, Daniela. Queda't ací al poble –a Mariola li estava costant moltíssim no plorar–. Queda't a viure amb la teua àvia. Que se'n vagen els teus pares. Però tu no te'n vages. Tu ets d'ací. Què faràs a la ciutat?

Daniela va començar a sanglotar. Mariola la va abraçar i es van quedar així molta estona, assegudes en el portal, fins que Adela va eixir a cridar la filla per a dinar. Daniela es va eixugar les llàgrimes amb les mans i es va alçar.

–Ens veiem aquesta vesprada a la piscina? –va preguntar.

–Clar que sí.

Mariola va esperar que l'amiga entrara a casa i va baixar a poc a poc la costera. No podia caminar més de pressa perquè li pesava el cor.

3
Moltes preguntes

Mentre dinaven, Mariola no podia deixar de pensar en el tancament de la botiga, i no va parar de fer preguntes als pares, encara que ells no podien donar-li les respostes que necessitava. Elena i Joan van intentar fer entendre a la filla que Daniela no podia quedar-se amb l'àvia tot l'any, i que havia d'anar-se'n amb els pares. Mariola ho va entendre. També li van explicar que, si cada vegada anava menys gent a la botiga i cada vegada tenien menys ingressos, necessitaven buscar una altra manera de guanyar diners per a viure. Mariola també ho va entendre, no era tan difícil de comprendre.

–Però per què va cada vegada menys gent a la botiga? –va preguntar Mariola–. És l'única botiga del poble en què es poden comprar aliments, a banda del forn. No ho entenc.

–Perquè la gent prefereix agafar el cotxe i comprar al supermercat d'un altre poble més gran –li va contestar sa mare.

–Però per què?

–Perquè és més barat –va dir son pare.

–I per què és més barat?

–Perquè els supermercats, que són grans, compren molts productes d'una vegada i poden aconseguir millors preus –va dir Elena.

–I a més, com que venen molta quantitat, poden vendre les coses més barates i, així i tot, guanyar més diners que Batiste, que les ha de tindre una miqueta més cares –va afegir Joan.

–Però, si compres al poble, t'estalvies la gasolina, no? I també temps –va dir Mariola, arrugant el nas com sempre que pensava una cosa important.

–Sí, però els supermercats tenen més varietat. I a la gent li agrada poder triar entre molts productes –li va contestar Elena.

Mariola es va quedar callada. Entenia perfectament el que passava. De fet, a ella li agradaven uns iogurts que Batiste no tenia a la botiga, i els compraven quan anaven, cada dues o tres setmanes, al supermercat que hi havia en un altre poble més gran. També compraven moltes més coses al supermercat, com ara conserves, detergent o salses. Però hi havia coses que sempre compraven a la botiga de Batiste: la fruita, l'oli, el formatge...

Els tres van continuar menjant en silenci. Al cap de Mariola es mesclaven sensacions, idees, preguntes... No sabia què, però estava segura que es podia fer alguna cosa per a evitar que la botiga tancara.

–Mariola –va dir sa mare mentre llevaven taula i escuraven–, sé que no vols que Daniela i la seua família se'n vagen del poble, però nosaltres no hi podem fer res.

–Però, si la gent anara a comprar a la botiga com abans, llavors tindrien prou per a viure i es quedarien ací, no? –va replicar Mariola.

–Això és molt difícil, ja ho hem parlat –va dir Elena amb semblant seriós–. I, de totes maneres, si Daniela i la seua família decideixen anar-se'n, tampoc volem fer-los sentir malament per la seua decisió, veritat?

–No, clar. No vull que se senten malament.

–Llavors el que has de fer és estar al costat de la teua amiga i ajudar-la en el que necessite, sense pressionar-la –va explicar Elena–. Si li dius tota l'estona que vols que es quede i al final ha d'anar-se'n, encara se n'anirà més trista.

–La mare té raó –va afegir Joan mentre agranava la cuina–. Segur que no se'n volen anar. Si al final ho fan és perquè no troben una altra opció.

Mariola no volia que l'amiga se n'anara, però tampoc volia posar-la més trista. Hauria de pensar alguna cosa per a ajudar sense pressionar-la.

Quan Mariola va arribar a la piscina, quasi tots els amics estaven ja allí. Alguns s'estaven banyant, però Daniela i Amir estaven a l'ombra, jugant a les cartes. Daniela i Mariola es van mirar durant uns segons sense dir res.

–Estàs millor? –va dir finalment Mariola.

–Sí –va contestar Daniela–, gràcies.

Amir les mirava sense saber de què estaven parlant.

–Què passa? –va preguntar–. Per què et pregunta Mariola si estàs millor? Estàs malalta?

Daniela va prendre aire i va explicar a l'amic el que li passava. Li va dir que estava trista perquè se n'havien d'anar. Que els seus pares tancaven la botiga perquè no anava bé, i que havien trobat treball lluny del poble. Ho va dir d'una tirada, com si s'haguera estudiat el que havia de dir, i mantenint la mirada fixa en terra.

Amir va fer algunes preguntes per a comprendre millor el que l'amiga li acabava de contar. Com a Mariola, li costava entendre per què cada vegada anava menys gent a la botiga.

–Però alguna cosa es deu poder fer, no? –va exclamar Amir–. No pot ser que tanqueu així, de sobte. Sou l'única botiga del poble.

–Si la gent ja no ve, què vols que fem? –va protestar Daniela–. Els obliguem a vindre?

Just en aquell moment van arribar corrents, a la recerca de les tovalloles, David i Júlia, que es van sorprendre en veure les cares serioses dels amics.

–Què passa? –va preguntar David–. A qui voleu obligar a anar a on?

–A ningú. No passa res. És que la gent no vol anar ja a la botiga de Daniela –va contestar

Amir–. I si la gent no va, hauran de tancar i anar-se'n del poble.

Tots miraven Daniela, i ningú sabia què dir ni què fer. Fins que Júlia va trencar el silenci.

–La gent? –va preguntar–. Has dit la gent? La gent no existeix.

Ara sí que es van quedar muts. Júlia havia parlat tan seriosa que ningú s'atrevia a contradir-la.

Ella va notar la mirada interrogant dels amics i va continuar parlant.

–La gent no existeix –va repetir–. Ho va dir l'altre dia la tia Mariana i tots li van donar la raó. Si voleu, anem a sa casa i que ens ho explique.

Com que no sabien què dir-li a Daniela, que estava seriosa i trista, i a més els picava la curiositat això que deia Júlia que la gent no existia, tots van estar d'acord a anar a visitar la tia Mariana. Així tenien una cosa de què ocupar-se diferent del tancament de la botiga. Però primer es van donar un bon capbussó, tots junts, que l'estiu és curt i cal aprofitar-lo bé.

4
La tia Mariana

La tia Mariana vivia a la part més alta del poble, prop de l'església, en una casa molt vella que estava apegada a l'antiga muralla. Quan van arribar a sa casa, van espentar la porta, que estava entreoberta, i van entrar.

–Tia, tia Mariana! –La tia Mariana estava un poc sorda.– Tia Mariana!

–Estic a la cuina –va contestar–. Entra.

Júlia, que anava la primera, es va parar al llindar, però els que venien darrere també volien entrar i van anar espentant fins a ficar-se tots a la cuina.

–Però si està ací la xicalla més dolça del poble! –va exclamar contenta la dona mentre es torcava les mans en el davantal–. Quina visita més bonica.

–Hola, tia Mariana –va dir Júlia, que era la portaveu–, venim a parlar amb vosté d'una cosa que em va dir un dia i que jo no sé explicar bé.

–Vaja –va contestar ella–, ha de ser una cosa molt important si els interessa també als teus amics. Veniu, deixeu que m'assente.

Era la primera vegada que Mariola entrava a casa de la tia Mariana i li va semblar que tenia una cuina grandiosa, molt més gran que la de sa casa, i molt diferent. En un extrem hi havia una gran llar que ocupava quasi tota la paret i, al costat, un banquet d'obra per a seure. En una altra paret, al costat de la finestra, un armari de rebost amb portes de vidre ple de plats, pitxers i safates, i davant, una taula enorme de fusta amb quatre cadires. Hi havia nevera i cuina de gas, com en qualsevol casa, però hi havia també altres coses que la feien especial: escudellers plens de cistelles i pots, manolls d'herbes seques penjant del sostre i una olor com de pa, alfàbega i timó, tot alhora.

La tia Mariana va seure en una de les cadires, i en les altres tres van seure Júlia, Amir i Mariola. Daniela i David van ocupar el banc d'obra de la llar.

–Bé. De quina cosa vols que raonem?

Tots van mirar a Júlia i aquesta va començar a parlar, un poc nerviosa.

–La setmana passada, quan estàvem els veïns a la fresca després de sopar, vosté va dir que la gent no existeix. Què volia dir?

La tia Mariana es va quedar un moment pensativa, com mirant cap a dins, buscant el record d'aquella conversa.

–Ah, sí. Ja me'n recorde –va dir amb un somriure–. Estaven també ta mare i el tio Valerià, i la Laura i el seu marit, el Tòfol. Estàvem parlant que cal reciclar els envasos, i el vidre, i el paper, per a fer-hi coses noves, i no ficar-ho tot en una bossa per a tirar-ho a un abocador, que qualsevol dia voldrem fer un clot per a plantar un arbre i eixiran llandes i bosses de plàstic de tot arreu. I el Tòfol va dir que havia vist com els operaris buidaven el contenidor del cartó en un camió i que d'allí va eixir de tot. Caixes de cartó i papers, però també pots de plàstic, bosses...

–...i fins i tot una cafetera –va interrompre Júlia–. Me'n recorde que ho va dir.

–Sí que ho va dir –va assentir la tia Mariana–. Una cafetera vella. I llavors algú va dir, crec que ta mare, que la gent no fa cas de res, que a la gent li és tot igual. I llavors va ser quan jo vaig dir que la gent no existeix.

Tots es van quedar en silenci, sense comprendre.

–Però això què significa? –va preguntar Júlia–. Que no ho ha tirat ningú? Que aquella cafetera ha entrat ella a soletes en el contenidor blau?

La tia Mariana va somriure abans de contestar.

–No, clar. Algú l'ha tirada allí dins. Però no ha sigut «gent». Deu haver sigut algú d'aquest carrer, o del de baix. Algú que té nom, que té família, i que tenia una cafetera vella que ja no funcionava i volia tirar. Algú que no es va voler preocupar de què fer de la cafetera i simplement la va tirar al primer contenidor que va veure, que va ser el del cartó.

–El que havia d'haver fet és dur-la al punt net –va dir Amir–. Jo hi vaig anar ahir amb ma mare a portar unes cadires velles i una ràdio trencada.

–Molt ben fet –va dir la dona–. Això és el que cal fer.

–I jo l'altre dia hi vaig anar a dur piles usades –va dir Júlia.

–Mon pare i jo hi vam dur un dia una llavadora desbaratada que ja no es podia arreglar –va afegir David.

–Bé, bé –va dir la tia Mariana rient–. Que açò no és una competició. Ja veig que sou tots persones conscienciades.

–Llavors –va dir Mariola–, vosté diu que la gent no existeix perquè la gent som nosaltres?

–Exacte –va contestar la dona–. Ho has explicat molt bé. Els que fem les coses bé o malament som nosaltres, no «la gent». Els que complim les normes, o ens les saltem, som nosaltres, no «la gent». Existim tu i jo, existeixen les persones amb nom i cognoms, però «la gent» és una cosa que no existeix.

–Ara ho entenc –va dir Júlia–. L'altre dia em vaig quedar amb la frase, però no sabia bé el que significava. Moltes gràcies, tia Mariana.

–M'alegre molt, xiqueta. Però ara la que tinc una pregunta soc jo –va dir la tia Mariana amb un somriure curiós–. Per què per a preguntar-me això has portat tots els teus amics? Què dueu entre mans?

Júlia va obrir la boca per a contestar, però no sabia bé per on començar, així que la va tancar de nou i va mirar a Mariola, que estava asseguda al seu costat.

–Estàvem a la piscina, comentant que cada vegada va menys gent a la botiga de Batiste –va començar a explicar Mariola–, i llavors Júlia ha dit que la gent no existeix, i no sabíem què significava.

–I per què parlàveu de la gent i de la botiga? –va preguntar estranyada la tia Mariana.

–Perquè, si la gent no va a la botiga, hauran de tancar-la i anar-se'n del poble. I no volem que Daniela se'n vaja, perquè és la nostra amiga.

En sentir el seu nom, Daniela, que havia estat tota l'estona en silenci, va esclatar a plorar. David, que compartia amb ella el banc d'obra de la llar, va intentar consolar-la acariciant-li els cabells, però Daniela continuava plorant, en silenci, unes llàgrimes gruixudes com a pluja de tempesta.

–No plores, dona –va dir la tia Mariana–, que tot té solució. Segur que entre tots trobeu una solució.

–Quina solució trobarem nosaltres? –va dir David–. A la gent li agrada més agafar el cotxe per a anar al supermercat, perquè allí hi ha més coses i estan més barates.

–Podem punxar-los les rodes del cotxe –va dir Amir i, immediatament, tots el van mirar amb cara d'enuig–. No us enfadeu, que era broma.

–A veure –va dir Mariola–, no havíem quedat que la gent no existeix? Per què dius que a la gent li agrada anar al supermercat?

–D'acord, ho dic d'una altra forma –va rectificar David–. A tots ens agrada comprar al supermercat, perquè omplim el carro amb coses que a la botiga del poble no trobem.

–David té raó –va afegir Júlia–. A la botiga de Batiste, per exemple, només hi ha una marca de sucs, i no tenen les galletes que m'agraden...

–...ni tampoc quètxup, ni creïlles fregides sabor bacó –va seguir Mariola–, ni *nuggets*...

–Ja ho tinc! –va interrompre Amir–. Els direm a Batiste i a Adela quines coses són les que ens agraden perquè les tinguen a la botiga, i així no haurem d'anar al supermercat i podrem comprar-les ací.

–Quina bona idea! –va dir Júlia–. Veritat que sí, Daniela? Veritat que és una idea molt bona?

Daniela es va eixugar les llàgrimes amb el dors de les mans i va prendre aire abans de contestar.

–Això no es pot fer –va dir amb un fil de veu–. Creieu que no ho hem pensat? Per a poder vendre totes aquestes coses, necessitaríem una botiga de la grandària d'un supermercat, i a més a més hauríem de comprar una quantitat molt gran de productes, així que farien falta moltíssims diners i un magatzem enorme. No es pot. És impossible.

Daniela, després de dir tot allò sense respirar, es va alçar i va eixir de la cuina, seguida de prop per David.

–No es pot. Ja ho heu sentit –va dir Mariola–. Caldrà pensar una altra cosa.

Tots van quedar en silenci, mirant-se els uns als altres sense saber què dir. I llavors va parlar la tia Mariana.

–La botiga sempre ha sigut prou gran per a tindre tot el que necessitàvem: llegums, conserves, verdures, farina... Si fins i tot tenen iogurts i sucs. Però ara sembla que res és prou, i necessiteu coses que, quan jo era jove, ni existien.

–Bo, és de veres –es va excusar Júlia–, però és que ara hi ha moltes més coses, com per exemple pizzes congelades. A ma casa sempre en tenim unes quantes en el congelador, per si de cas.

–Per si de cas què? –va preguntar la dona–. Per si de cas us quedeu sense mans i no podeu pastar una miqueta de farina amb aigua i posar-li tomata per damunt?

–No, no –va balbotejar Júlia–, per si de cas és tard i no hi ha res preparat per a sopar. Posem una pizza en el forn i en un momentet està.

–Perdona'm –es va disculpar la tia Mariana–. Tens raó. Se m'oblida que esteu tots sempre molt ocupats.

–Però hi ha coses que sempre comprem a la botiga –va dir Mariola–. Ma mare diu que la fruita que té Adela és moltíssim millor que la del supermercat.

–I nosaltres sempre comprem allí l'oli i el vi, perquè són d'ací, de la cooperativa del poble –va dir Amir–. I també aquelles coses verdes en vinagre que són com uns pésols arrugats...

–Tàperes –va endevinar la tia Mariana.

–Sí, això, tàperes. Sempre les comprem a la botiga. Són millors que les del súper. I el pot és més gran.

–I les ametles –va dir Mariola–. Les que Batiste ven crues, i que ma mare utilitza per a fer tortades.

–Sí, sí, les ametles –va afegir Júlia–, i també els pinyons. Perquè en el súper venen en pots molt xicotets...

De sobte, els tres estaven parlant alhora, interrompent-se per a explicar quines coses compraven a la botiga i com estaven de bones.

–Sabeu què? –va dir de sobte la tia Mariana amb un gran somriure–. Que crec que heu trobat la solució.

–Sí? –va preguntar Mariola, dubtant–. I quina és?

–No ho veieu? –va continuar parlant la tia Mariana–. No es tracta que a la botiga tinguen el mateix que al supermercat, sinó que tinguen les coses que al supermercat no tenen. Com les tàperes, les ametles i totes les coses bones que heu dit. I més coses que segur que us vindran al cap si continueu pensant.

Es van quedar en silenci, amb la boca oberta, sorpresos pel que acabava de dir la tia Mariana.

–És veritat! –va exclamar contenta Mariola–. La botiga de Daniela és diferent del supermercat, i té coses boníssimes que al supermercat no es poden comprar.

–Gràcies, tia –va dir Júlia i la va besar en la galta–. Ens ha ajudat molt.

Tots van estar d'acord que era una gran idea, així que van donar les gràcies a la tia Mariana i van eixir a buscar Daniela i David per a explicar-los el que havien parlat.

Farien un pla, un pla dels bons. Un pla que funcionaria segur.

5
En moviment

Els cinc amics es van comboiar per a trobar-se l'endemà de matí a Santacarrasca i començar amb el pla. Santacarrasca era el seu lloc de reunió: una carrasca solitària fora del poble, a cinc minuts caminant. Li havien posat aquell nom perquè els sonava a paratge antic, a lloc amb història, a lloc important: Santacarrasca. Tenien en projecte fer una cabanya en l'arbre, però, mentre la construïen, s'ajuntaven davall de la carrasca, on havien col·locat caixes i cadires velles per a seure, i una taula feta amb un tauler sobre uns blocs. A l'hi-

vern treien les cadires fora del rogle de l'arbre per a buscar el solet, però ara a l'estiu aprofitaven l'espessa ombra de la carrasca, i agraïen el vent que de tant en tant movia les branques.

Quan Júlia, Mariola, Amir, Daniela i David van arribar a Santacarrasca, van netejar de pols i fulles el tauler, van acostar les caixes per a poder seure i van col·locar sobre el tauler el material de treball que havien portat: llibreta, cartolines, retoladors...

–Per on comencem? –va preguntar David i, com que ningú va contestar, va continuar parlant–. Jo havia pensat que podíem fer com en el projecte de ciències. Escrivim en la part de dalt de la cartolina el problema que volem solucionar i ens anem fent preguntes, a veure a on arribem. Us sembla bé?

Tots hi van estar d'acord, perquè la veritat era que en el col·legi havien fet un projecte fantàstic sobre les mascotes abandonades i les protectores d'animals, i ho havien fet amb aquell sistema de treball. David va agafar un retolador i va escriure a dalt del tot, en lletres grans: «Problema: la botiga tancarà». A continuació, va dibuixar una fletxa i va escriure: «Per què?».

–Perquè no guanyen prou diners –va dir Mariola, i David ho va apuntar. Després va pintar una altra fletxa i un altre «per què».

–Perquè venen poc –va dir Júlia.

–Per què? –va escriure de nou David.

–Perquè la gent prefereix anar al supermercat –va dir Amir.

–La gent no existeix –va protestar Júlia–, no poses això.

–Conforme –va rectificar–. Perquè a les persones que vivim al poble ens agrada comprar al supermercat. Està bé així?

–Sí. Per què?

–Espereu, espereu, que no puc escriure tan de pressa –va protestar David.

Mariola va esperar que acabara d'escriure abans de parlar.

–Perquè al supermercat hi ha més coses –va contestar Mariola.

–Per què?

–Perquè és més gran –va dir Júlia.

–Per ací no anem bé –va dir Mariola–. Ja sabem que la botiga no pot fer-se més gran. Hem de tornar arrere.

–A veure... –va dir David tornant cap amunt

per la cartolina–. Per què a les persones que vivim al poble ens agrada comprar al supermercat?

–Perquè estem acostumats als productes que tenen allí –va contestar Amir.

–Per què?

–Perquè sí –va dir Amir–. I les preguntes acaben ací.

–D'això res –va dir Mariola–. Estem acostumats als productes del supermercat perquè no coneixem tot el que tenen a la botiga.

–I també perquè som molt còmodes i ens agrada comprar coses com ara pizzes i plats preparats per a no cuinar –va afegir Júlia–. És el que va dir la tia Mariana.

–Un, dos, tres, quatre i cinc –va comptar David en la cartolina–. Ja tenim cinc «perquès». Ara tocaria ja pensar una acció. O diverses.

–Què us sembla fer publicitat dels productes que hi ha a la botiga? –va proposar Amir–. Perquè els conega tot el poble.

–On? En internet? –va preguntar Júlia.

–No, no –va contestar Amir–. Em referisc a una cosa més directa. A fer un fullet i repartir-lo.

–Sí, millor –va dir Mariola–. Al poble hi ha molta gent gran que no mira internet. Però, si els donem un fullet amb els productes, sí que el miraran.

–Però, i allò que som còmodes i no cuinem? –va insistir Júlia–. Això com ho solucionem?

–No ho sé –va reconéixer Mariola–. Haurem de pensar-ho una miqueta més.

–Però de moment ja tenim una acció: fer publicitat de la botiga per a aconseguir més clientela –va dir David content, anotant-ho amb un retolador i en lletres majúscules: «FULLETS PUBLICITARIS».

–Com repartim els fullets? –va preguntar Amir–. Si els deixem en les bústies, potser no els faran cas. Ma mare tira la publicitat que li deixen quasi sense mirar-la.

–Tens raó –va reconéixer Mariola–. Hauria de ser més personal, més directe.

–Podem fer com en les pel·lícules i posar un estand a la plaça per a repartir fullets –va proposar David–. Així podem explicar-los com són de bons els productes que tenen a la tenda.

–Quina bona idea! –va dir Júlia–. És millor donar els fullets en mà que deixar-los en les bústies.

Daniela, que havia estat callada tot el temps, observant i escoltant, va parlar per a donar suport a la idea dels fullets.

–Podem fer-ho dissabte, que hi ha mercat –va afegir Daniela–. Així serem una parada més.

–I aquell dia puja molta gent a la plaça –va afegir Mariola, contenta en veure l'amiga animada.

–Nosaltres tenim una taula plegable prou gran –va dir Amir–. Podem usar-la per a fer la parada.

–I amb el fullet els podem donar un regal, no? –va suggerir Júlia–. Així segur que s'acosten a la parada.

–Ha de ser un regal que estiga bé –va afegir David–. Una bossa per a la piscina, o una tassa amb missatge...

–O una samarreta –va seguir Amir–, o una pilota...

–Sí, clar, o un mòbil –va interrompre Mariola un poc enfadada–. D'on traurem els regals? No tenim diners.

–I si regalem receptes? –va dir Júlia–. Receptes que puguen fer amb les coses que hi ha a la botiga. Així la gent s'animarà a cuinar.

A tots els va semblar una molt bona idea. Imprimirien receptes en paper de colors: verd per als plats de verdura, roig per als plats de carn, blau per als de peix i groc per a les postres.

Van tornar al poble per a explicar-ho tot als pares de Daniela i començar a fer el fullet. De camí a la botiga, van passar per davant de casa de Mariola i es van trobar sa mare que eixia just en aquell moment.

–Hola, mare –va saludar contenta Mariola.

–Hola, perla dolça –va contestar Elena–. D'on veniu tan contents?

–De Santacarrasca. Estem fent un pla perquè Batiste i Adela no tanquen la botiga.

–Ah, sí? –va preguntar Elena curiosa–. I quin pla?

Entre tots, amb emoció, i interrompent-se els uns als altres, van contar el que havien fet. Li van explicar a Elena les preguntes que s'havien anat fent fins a arribar a la idea de posar una parada a la plaça i fer publicitat de la botiga. A Elena, que va haver de posar un poc d'ordre per a assabentar-se bé de les coses, li va semblar molt bona idea i es va oferir a col·laborar.

–Si voleu, us ajude a preparar la parada –va dir

Elena animada–. Podem posar-li uns tapets bonics i algun adorn. I també podem fer unes targetes identificatives amb el nom de la tenda i un lema, perquè les porteu enganxades a les samarretes.

–Però si la tenda no té nom –va dir Mariola–. És la tenda del poble, i ja està.

–Com que no té nom? –va protestar Daniela indignada–. Clar que té nom. Es diu La Botiga de la Font, perquè està al costat de la font vella.

–De veres? –va exclamar Mariola–. No en tenia ni idea.

Excepte Elena i Daniela, ningú més coneixia el nom de la botiga. No era estrany, perquè feia molt de temps que en la façana no hi havia cap rètol.

–Quan la botiga era del meu avi –va explicar Daniela–, el nom estava escrit sobre la porta, amb unes lletres molt boniques. No heu vist la foto antiga que hi ha penjada dins?

Ningú s'havia fixat en la foto, així que Daniela va continuar explicant.

–M'ha contat mon pare que en aquella època hi havia tres o quatre botigues al poble, cada una amb el seu nom. Ara la nostra és l'única que queda.

–Llavors, de lema podem posar «Salveu La Botiga de la Font» –va suggerir Mariola.

–No m'agrada –va dir David–. Sembla que vulguem fer pena.

–Sí, és un lema molt roín –va afegir Júlia–. Ha de ser alguna cosa en positiu.

–«La Botiga de la Font, la millor botiga» –va proposar David.

–La millor no, «la supermillor» –va dir Amir fent broma–. Tampoc és difícil ser la millor, només n'hi ha una...

Mariola va mirar de reüll Daniela, per si s'havia molestat, però no va veure res estrany en ella. L'amiga estava tan concentrada com els altres, buscant un lema.

–«La Botiga de la Font, sempre prop de tu» –va dir Júlia amb un somriure–. Què us sembla? Un lema en positiu.

–No és molt original, però m'agrada –va dir Elena–, perquè destaca la proximitat de la botiga. I a vosaltres?

Tots van assentir, Daniela inclosa, així que van entrar a casa de Mariola a veure els retalls de tela amb què sa mare volia decorar la parada. Era una tela de quadres de color verd i blanc que li havia sobrat a Elena de fer unes cortinetes per a la cuina. Van començar a mesurar, i a tallar, i abans d'adonar-se'n estaven tots treballant. Mentre els uns cosien, els altres usaven l'ordinador i la impressora d'Elena per a fer targetes amb el lema de la botiga. Júlia havia fet un dibuix i el van usar per a fer el logotip.

–Quina cosa més bonica! –va exclamar Daniela en veure-ho–. És preciós. Als meus pares els encantarà.

El dibuix de Júlia representava la font vella, que era de pedra i rajola roja. Havia dibuixat fins i tot l'aixeta amb l'aigua brollant. Van escanejar el dibuix per a passar-lo a l'ordinador i hi van escriure, amb una tipografia d'aparença antiga, el lema que havien pensat: «La Botiga de la Font, sempre prop de tu». Després van apegar les targetes sobre cartons i els van enganxar darrere agulles imperdibles per a poder-los subjectar a la roba.

Va ser un matí de treball intens. Tots estaven contents per la faena feta quan es van separar per a anar a casa a dinar. Estaven famolencs. I és que no hi ha res com el treball dur per a fer fam.

6
La telefonada

Mariola estava llevant taula quan el telèfon de sa mare va sonar. Elena va contestar i la filla va sentir com parlava:

–Sí. Hola, Adela, bon dia. Dis-me.

–...

–Sí, ho sé. Han estat a ma casa aquest matí. Els he ajudat un poc. Duen un bon comboi.

–...

–Però dona, si les xiquetes l'únic que volen és ajudar...

–...

–Espera. Per què no ens prenem un café i parlem?

–...

–En cinc minuts passe a buscar-te i anem a la cafeteria. Et sembla bé?

–...

–D'acord. Ens veiem ara.

Quan va penjar el telèfon, Elena semblava preocupada.

–Mariola, me'n vaig a prendre un café amb la mare de Daniela. Crec que no li ha agradat molt la idea de la parada i la publicitat.

–Per què no? –va preguntar sorpresa Mariola–. Si és una idea genial.

–A vegades –va contestar Elena mentre agafava la bossa del penja-robes–, el que sembla una idea fantàstica per a uns pot ser una mala idea per a altres.

–Però... no ho entenc.

–No et preocupes, no és culpa teua –va dir Elena–. La vostra intenció és bona.

Elena es va acomiadar de Mariola amb un bes al front i es va dirigir a la porta. Just abans d'eixir, es va regirar.

–Mariola, no se t'ocórrega anar ara a buscar a

Daniela ni a ningú. Espera que parle primer amb sa mare. No empitjorem les coses.

Així que Mariola es va quedar a casa, nerviosa i confosa, a esperar que tornara sa mare. Va acabar d'arreplegar la cuina i es va asseure a llegir, però no podia concentrar-se. Es moria de ganes de veure els amics per a tractar d'esbrinar amb ells què passava, però no s'atrevia a anar a buscar-los a la piscina perquè no volia desobeir sa mare. Va esperar i esperar, i després d'una hora d'espera, que a ella li'n van semblar set, va tornar sa mare.

–Tot arreglat –va dir Elena amb un somriure–. Ha sigut un malentés, però ja està solucionat.

–Què ha passat?

Elena es va deixar caure en el sofà i va explicar a la filla que a Adela i a Batiste els havia pillat per sorpresa el pla, i que no volien que la gent pensara que estaven utilitzant els xiquets per a fer publicitat del negoci.

–Però això no és així, perquè la gent no existeix, i ací al poble tots ens coneixen i saben que el que fem és ajudar perquè la botiga no tanque.

–La gent no existeix? –va preguntar curiosa Elena–. Què vols dir?

Mariola li va contar a sa mare la conversa amb

la tia Mariana. A Elena li va semblar que la dona tenia molta raó, i que a vegades donem la culpa de les coses a «la gent» per a no reconéixer la nostra responsabilitat.

–Adela al final ha comprés que el vostre pla és una mostra d'amistat cap a Daniela. Li he explicat que ningú pensarà que s'estiguen aprofitant de vosaltres, sinó que tothom comprendrà que intenteu ajudar, i que ha sigut idea vostra –va explicar Elena–. A més, per a Daniela és important, i això els seus pares ho entenen.

–Aleshores, podem posar la parada a la plaça i fer la publicitat?

–Sí –va dir Elena amb un somriure–. Adela us espera aquesta vesprada a la botiga per a ajudar-vos a redactar el fullet. Ningú millor que ella sap els productes que tenen i quins són els millors.

–Genial! –va exclamar Mariola, i va eixir corrents cap a la piscina, on Daniela ja estava posant als altres al corrent de tot.

–Els meus pares al principi no volien, però al final els he convençut que ens deixen intentar-ho –estava explicant Daniela–. És difícil que funcione, però i si funciona? I si la botiga torna a tindre vendes i podem quedar-nos al poble?

–Clar que funcionarà –va dir Mariola, encara sense alé–. N'estic segura.

–M'ha dit ma mare que ens convida a berenar i després ens ajuda amb la llista de productes per al fullet –va afegir Daniela contenta–. Així que un bany ràpid i ens n'anem, d'acord?

Es van llançar a l'aigua amb tanta pressa que el socorrista va haver de cridar-los l'atenció. Van estar una bona estona nadant i jugant, fins que Daniela els va recordar que el berenar els esperava, i llavors van eixir de la piscina quasi tan ràpid com hi havien entrat.

Es van eixugar, van agafar les coses i van emprendre el camí. Quan van obrir la porta de la botiga, la campaneta els va saludar amb alegria.

–Hola, colla. Benvinguts –va saludar Batiste des de darrere del mostrador, on estava atenent un client.

Daniela el primer que va fer va ser mostrar-los la foto de què els havia parlat, que estava penjada en una de les parets.

–Mireu –va dir assenyalant-la–. Així era la botiga fa quaranta anys.

Era una fotografia antiga en què es veia unes quantes persones davant de la tenda. En la façana, sobre la porta, estava el nom de la botiga en lletres majúscules. En un cantó de la foto podia veure's la font.

–Els que estan drets són el meu avi Miquel, la meua àvia Daniela i la meua besàvia Elionor –va explicar–, i el xiquet que està assegut en el portal és mon pare.

–Et sembles a ell –va dir Júlia entretancant els ulls per a enfocar millor.

–Tu creus? –va dubtar Daniela–. Jo no ho veig...

–A quin sant! –va interrompre Amir, que s'havia colat per a veure la foto de prop–. No t'hi sembles gens. Els teus avis i ton pare ixen en la foto com totes les persones antigues de les fotos velles. A casa de la meua àvia n'hi ha unes quantes. Tenen tots la mateixa cara i la mateixa roba.

–És curiós –va dir Adela, que s'havia acostat fins on estaven–. Jo abans pensava també el mateix, però ara sí que distingisc els trets de cada persona i puc veure les semblances. I, efectivament, Daniela se sembla a son pare. I a la seua àvia.

–Doncs jo crec que Daniela és molt més bonica –va dir David en veu baixa, i de seguida es va enrojolar en adonar-se que tots l'havien sentit, Daniela inclosa.

–Bé, sí –va dir rient Adela–, és molt més bonica. Però igualment se semblen.

Adela va guiar el grup a través de la rebotiga fins a sa casa. Al menjador es van trobar la taula parada amb un fum de coses abellidores per a berenar: embotit, pernil, pa de fogassa, oli, bescuits, codonyat, formatge, meló, bacores... Si el bon apetit és senyal de salut, aquests xics i xiques van demostrar estar saníssims, perquè s'ho van acabar absolutament tot.

Mentre berenaven, anaven comentant el que menjaven.

–L'oli és el de la cooperativa. Oli verge extra ecològic d'oliva alfafarenca –anava explicant Adela–. I el pa és del forn de Teresa, clar. El pernil i l'embotit els portem d'ací prop, d'un obrador artesà, i el formatge de cabra és de Tomàs, el pastor, el coneixeu?

–Jo sí –va dir David amb un gran somriure–. És mon tio.

–Clar, és veritat –va dir Adela–, no hi havia caigut. I Júlia coneix molt bé la productora de les bacores i les prunes, que és sa tia Laura, la del Molí.

–Les bacores de ma tia Laura estan delicioses, i també té unes pomes molt bones.

–Sí, però encara no estem en temporada –va afegir Adela–, encara han de madurar. Les pomes es cullen a la tardor, i és llavors quan comencem a tindre pomes a la botiga.

–Pe... però... –va balbotejar Daniela–, a la tardor, estarà encara oberta la botiga?

Tots van mirar a Adela, que romania callada amb la boca entreoberta, com si volguera parlar però no sabera què dir.

–Clar que estarà oberta –va dir Mariola trencant el silenci–. Per a això estem ací, perquè tot el món s'assabente de com són de bons els productes que ven La Botiga de la Font.

–Farem una llista amb el que volem posar en el fullet –va dir Amir, a qui no li agradaven els silencis incòmodes–. Apunta, David. Començarem pel que hi ha a la taula.

–Pel que hi havia, deus voler dir –va dir David mirant la taula quasi buida, i tots van riure.

Van començar apuntant els embotits, el pernil i els formatges, indicant qui eren els productors. Van seguir per l'oli de la cooperativa i les ametles del tio Samuel. També van anotar els pinyons, les tàperes i les olives adobades. Després, van continuar per la fruita i van entrar a la botiga per a anar revisant els prestatges, davant de la mirada curiosa de les clientes. Van posar en la llista els ous ecològics d'una granja pròxima, les sardines de bota, la mel de Jordi el Roig i el dolç de codony que feia la mateixa Adela.

Quan van arribar a 25 productes en la llista, David, que era qui anava anotant, va dir que ja en tenien prou per a fer el fullet, així que van quedar a reunir-se al matí per a dissenyar-lo amb l'ordinador.

Quan tots se'n van anar, es van quedar a soles Daniela i sa mare. Van desparar taula i van entrar de nou a la botiga, on Batiste estava tancant en aquell moment. La llum del capvespre entrava per la finestra i pintava els prestatges de color mel. Van guardar la verdura en la cambra frigorífica, van agranar el terra i van deixar tot preparat per a obrir l'endemà. I, per un moment, Adela va pensar que tant de bo poguera continuar tancant i obrint la botiga durant molts anys més.

7
Les receptes

Del fullet es van encarregar David, Júlia i Amir. Mentre ells es reunien a casa de David per a maquetar-lo i imprimir-lo, Mariola i Daniela van anar a ca la tia Mariana. Volien explicar-li el que estaven fent i, de pas, preguntar-li alguna recepta per a compartir amb els que s'acostaren a la parada.

Quan van arribar, se la van trobar asseguda en una cadira, a la porta de casa, amb les ulleres posades i llegint.

–Hola, tia Mariana –va dir Mariola quasi

cridant, perquè recordava que estava un poc sorda.

–Bon dia, peladilles –va contestar la dona alçant la vista del llibre–. Quina visita més agradable. Com esteu?

–Molt bé –va contestar Daniela.

En acostar-se, es van adonar que el que llegia no era un llibre de paper, sinó un llibre electrònic. La tia Mariana va riure en veure la cara de sorpresa que havien posat.

–No us esperàveu veure'm llegint en un aparell d'aquests, veritat? –els va dir–. És que els llibres tenen la lletra molt xicoteta i no puc llegir-los, però, des que la meua filla em va regalar aquesta cosa, puc llegir molt bé.

Les xiquetes es van acostar a mirar.

–Veieu? Si faig així, puc canviar la grandària de la lletra –va explicar la dona mentre lliscava els dits sobre la pantalla–. Així dona gust.

–Està molt guai –li va dir Mariola–. Què està llegint?

–Una novel·la de detectius –va contestar–. Bé, en realitat és una senyora major, com jo, la que resol el misteri. Crec que per això m'agrada –va dir rient–. Si voleu, us l'explique.

–Gràcies, tia –va dir Daniela–. Un altre dia. És que hui volíem que ens donara alguna recepta de cuina.

–Dissabte en el mercat farem publicitat perquè tots coneguen els productes que hi ha a la botiga de Daniela i com són de bons –va explicar Mariola–. Repartirem fullets, i volem regalar receptes.

–Receptes de coses bones, per a cuinar-les amb els productes que tenim a la botiga –va afegir Daniela.

–Em sembla una molt bona idea –va dir la tia Mariana–. És molt millor cuinar el nostre menjar que menjar el que uns altres cuinen per nosaltres. Així podem triar els ingredients perquè siguen sans i bons.

–I de per ací prop –va dir Daniela–, com les verdures que tenen els meus pares a la botiga.

La tia Mariana es va alçar i va fer un gest a les xiquetes perquè la seguiren a l'interior de la casa. D'un calaix de la cuina, va traure una carpeta de cartó plena de llibretetes i papers. També hi havia retalls de revistes.

–Tinc moltes receptes –va dir la dona–. Sempre m'ha agradat cuinar i, a banda dels plats de sempre, també cuine receptes d'altres llocs. En quines receptes estàveu pensant? En quina classe de plats?

Les dues xiquetes es van mirar sense saber bé què contestar.

–La veritat és que no ho havíem pensat –va dir Mariola–. Alguna cosa típica...

–...que estiga bona –va afegir Daniela.

–...i que no siga molt difícil de fer –va concloure Mariola.

La tia Mariana es va quedar un moment mirant les xiquetes, en silenci, i després es va posar a rebuscar entre els papers.

–Què us sembla un potatge de cigrons? –va preguntar–. És fàcil, està molt bo i és molt sa, perquè els llegums tenen molta proteïna.

–D'acord –va contestar Daniela–. Jo no soc molt de cigrons, però està bé.

–També podeu posar la recepta de l'arròs al forn –va continuar dient la tia Mariana–. A mi m'agrada portar-lo al forn de Teresa perquè el coguen allí, però ara es pot fer també en el forn de casa, perquè en totes les cases tenim forn. El meu Francesc, que en pau descanse, li deia «arròs passejat», perquè passejava de casa al forn i de nou cap a casa.

–M'agrada moltíssim l'arròs al forn –va dir Mariola–. Amb la botifarra, la creïlla, els cigrons...

–Ja en van dos de cigrons –va dir Daniela arrufant les celles.

–No et preocupes, amor meu –va dir la tia Mariana rient–. Posarem alguna cosa que t'agrade més a tu. Què et pareix una lasanya? Us en donaré dues versions: una amb carn i una altra vegetal.

–Perfecte –va dir Daniela contenta–. M'agraden les dues.

–I també us donaré la recepta per a fer pizza –va dir la dona–, que l'altre dia em va semblar que us agradava molt. Ací sempre li hem dit coca, i no pizza, però en realitat és el mateix: farina, aigua, oli, sal i llevat, i el que vulgueu posar-li al damunt. A mi m'agrada molt la de ceba i pésols, però també està molt bona la de botifarra, la de tomata i pimentó...

Les tres van continuar durant una bona estona buscant receptes, i en van seleccionar unes quantes per a passar-les a l'ordinador i imprimir-les. La tia Mariana anava dictant i Daniela les copiava en una llibreta.

–Un dia hem de vindre a cuinar amb vosté –va dir Mariola– perquè hi ha coses que no em queden clares.

–Què és el que no et queda clar? –va preguntar la dona.

–Per exemple, quan diu que la quantitat de farina és «la que admeta», quanta farina és exactament?

–Tu vas tirant farina fins que la massa t'ho diga.

–Fins que la massa m'ho diga? –va preguntar estranyada Mariola–. I com m'ho diu?

–T'ho diu per com està –va explicar Mariana–. Si està molt pastosa, li tires més farina, fins que la pugues treballar. Si te'n passes i es queda molt seca, el que has de fer és tirar-li més aigua, fins que quede bé.

–I no ens pot dir una quantitat exacta de farina? –va preguntar Daniela–. Així seria més senzill. Tants grams d'aigua i tants grams de farina. Ho pesem i ja està.

–És que no funciona així –va dir la dona rient–. A vegades n'hauràs de tirar més i a vegades menys. Depén del tipus de farina, de la temperatura i de moltes altres coses. Cada dia és diferent.

Les dues xiquetes es van mirar amb cara d'estranyesa. Els costava entendre l'explicació de la tia Mariana.

–Ho veieu estrany perquè no ho heu fet mai, però amb la pràctica ho entendreu. El que heu de fer és arromangar-vos i posar-vos en bones.

–Posar-nos en bones? –va preguntar Mariola–. Això què vol dir?

–*Posar-se en bones* significa preparar-se per a fer una cosa important, però posant-hi els cinc sentits i amb entusiasme, que és exactament el que heu de fer si voleu aprendre a cuinar –va explicar la tia Mariana–. Només llegint la recepta no aprendreu. Heu de fer-la. Al principi no us eixirà bé, però a poc a poc anireu prenent-li el caure. La pràctica fa mestres.

–Jo començaré a practicar hui mateix –va dir Daniela–. Faré una pizza per a sopar. Bé, en realitat el que faré serà una coca, veritat, tia Mariana?

–O el que isca –va interrompre Mariola–, perquè igual t'ix un xurro.

–No sigues roïna, dona –va dir la tia Mariana–. El que has de fer és ajudar-la. Així, entre les dues, segur que us ix millor.

–Això –va dir Daniela–. Vine-te'n i m'ajudes a fer-la.

–A fer-la? I ja està? –va protestar Mariola.

–Què vols dir?, no t'entenc –contestà Daniela sense comprendre l'enuig de l'amiga.

–Deus voler dir a fer-la i a menjar-la, no? –explicà Mariola–. O per a menjar-la ja t'apanyes tu a soletes?

–Sí, clar –va contestar Daniela alleujada–. A fer la coca i a sopar. Et convide.

Aquell va ser el primer dia en què Mariola i Daniela es van animar a cuinar. Van fer una coca de tomata, ceba i pimentó, i li van afegir també formatge i orenga. No va ser la millor coca de la història, però, com que li van posar molt d'interés i moltes ganes, la van trobar boníssima.

8
Un suc de taronja

Mariola es va despertar de bon matí. La nit anterior havia oblidat córrer les cortines de la cambra i ara, quan encara no eren les huit del matí, un raig de sol entrava decidit per la finestra i li feia cosquerelles al nas.

Per uns minuts va romandre endormiscada, deixant-se acaronar pel solet del matí, fins que Lluna, que havia dormit feta un cabdell al seu costat, es va despertar també i li va reclamar atenció. La gateta li passejava per damunt, i li espentava la mà amb el cap, buscant que li'l rascara. Com que Mariola no es movia, Lluna va començar a fer-li mossets en els dits, fins que la xiqueta es va despertar del tot.

–Bon dia, Lluneta –va dir badallant–. Has dormit bé?

La gateta, en notar les carícies de Mariola, va arquejar el llom i va començar a roncar, amb aquell ronc que fan els gats, tan agradable que et fa ganes de continuar acaronant-los per hores. Des de la cambra, Mariola sentia Joan i Elena parlar a la cuina, i els sorolls que feien mentre preparaven el desdejuni. Normalment, la xiqueta no matinava a l'estiu, però, com que ja estava desperta, va decidir alçar-se i desdejunar-se amb son pare i sa mare.

–Hola, bon dia –va dir Mariola contenta quan va entrar a la cuina seguida per Lluna.

–Bon dia, matinera –contestà son pare. Com és que has matinat tant?

–Algun comboi amb la quadrilla, segur –va dir sa mare.

–No –va contestar Mariola–, no hem quedat fins a les onze a la piscina, però m'he despertat i m'abelleix desdejunar-me amb vosaltres amb un desdejuni de veritat.

7:59

–Això està molt bé –digué Joan–. Què vols menjar?

–Puc fer-me un suc de taronja i un tros de pa torrat amb oli?

–El pa amb oli estarà d'ací a un momentet –digué Joan mentre tallava pa per a posar-lo a torrar–, però el suc de taronja no podrà ser.

–Au, quina llàstima –protestà Mariola–. No tenim taronges?

–Ara no és temporada de taronges –contestà son pare–, i ja saps que no tenim costum de comprar suc envasat. Però tenim unes altres fruites. Vols una bresquilla? O una tallada de meló?

–També hi ha iogurt, per si vols mesclar-lo amb la fruita –va afegir Elena.

–D'acord. Menjaré una bresquilla i un iogurt –digué la xiqueta–. I el pa torrat amb oli.

–Sí que t'has despertat amb fam –va comentar Joan–. Es nota que estàs tot el dia amunt i avall i necessites energia.

–I que està creixent –afegí Elena–. T'has adonat de com ha crescut en els últims mesos? No sembla la mateixa xiqueta.

Mentre els pares parlaven de com estava de fadrina, Mariola pensava en allò que havia dit son pare que no era temporada de taronges, i que Adela, quan els va convidar a berenar, també va comentar que encara no era temporada de pomes.

–Pare –digué–, què vol dir exactament que no és temporada de taronges? Que a la tenda no en venen?

–No –contestà Joan–. Vol dir que les taronges es cullen des de la tardor fins al final de l'hivern, i que ara a l'estiu no hi ha taronges als arbres.

–Bo –digué Elena–. Hi ha varietats més tardanes que maduren ben avançada la primavera, però ara al juliol ja no en queden, si no és que les guarden en cambres. Les taronges que hi ha en les tendes venen quasi totes de fora.

–Venen de països on ara és hivern en lloc d'estiu –afegí Joan.

–De l'hemisferi sud? –preguntà Mariola.

–Exactament –contestà Joan–. De Sud-àfrica, o del Brasil...

–Uau –exclamà Mariola–, quin viatge més llarg que fan. Com arriben ací? En avió?

–Normalment, en vaixell, però de vegades en avió –explicà Joan–. El que passa és que, per a dur la fruita de tan lluny, es necessita molt de combustible, i es produeix molt de diòxid de carboni que va a l'atmosfera. Aquest gas provoca l'efecte d'hivernacle, que és el que fa que la temperatura de la Terra siga cada vegada més alta.

–Això ens ho han explicat a l'escola –digué Mariola–. La calor del Sol arriba a la superfície de la Terra i aquests gasos que estan a l'atmosfera fan com el sostre d'un hivernacle i no deixen que la calor isca. D'aquesta forma la Terra va recalfant-se, igual que es recalfa un hivernacle.

–Molt ben explicat, Mariola –digué son pare amb admiració–. Es nota que pares atenció en classe.

–Aleshores, per què duen les taronges de tan lluny si ara podem menjar altres fruites que no han de viatjar tant? –digué Mariola mentre remenava el seu bol de bresquilla amb iogurt–. Tampoc cal, no?

–Aquesta és una molt bona pregunta –contestà Joan–. Supose que deu ser perquè, quan una cosa ens agrada, volem menjar-ne tots els dies. I si en el supermercat la trobem, la comprem i ja està, sense pensar-hi més.

–Nosaltres preferim comprar fruita de temporada, és a dir, que l'han collida per ací prop

–digué Elena–. D'una banda, per la qüestió d'evitar la contaminació que t'ha explicat el pare, però hi ha un altre motiu: quan la fruita ha de viatjar molt, l'han de collir verdosa perquè no es llance a perdre durant el viatge. I aquesta fruita que s'ha collit quasi verda no està tan bona com la que es cull en el seu punt, més madura.

–I encara hi ha una altra raó –afegí Joan–. Si tots comprem fruita que ve de lluny, qui comprarà la que cultiven els llauradors de per ací? Si no la poden vendre, deixaran de cultivar-la i es quedaran sense faena.

Mariola es va quedar pensant en tot allò. Va recordar el berenar en ca Daniela, quan sa mare els va convidar i van fer la llista de productes que tenien a la tenda per a fer la promoció. Tot el que havien posat en el fullet eren aliments produïts per persones conegudes. Adela els havia parlat del formatge de Tomàs el pastor, el tio de David, i també de les prunes i les bacores que cultivava la tia de Júlia, Laura la del Molí. Havien posat també l'oli de la cooperativa del poble, i altres aliments cultivats o elaborats per gent que Adela coneixia.

Quan Mariola acompanyava sa mare i son pare al supermercat, no s'havia parat a pensar mai qui produïa aquells aliments que compraven. Ella posava en el carro paquets, botelles i pots fixant-se en l'aspecte que tenien, en la publicitat que havia vist o en les ofertes, però no mirava mai d'on venien. Sa mare sí que llegia les etiquetes, i més d'una vegada havia tornat algun producte a la prestatgeria perquè tenia massa additius, o li semblava poc sa, o altres consideracions a les quals Mariola no prestava molta atenció.

Mentre s'acabava el pa amb oli (pa del forn de Teresa amb oli de la cooperativa del poble), Mariola va tindre el pressentiment que allò que estaven fent, ella i la quadrilla de Santacarrasca, era important. Va pensar que anava més enllà d'aconseguir que la seua amiga Daniela es quedara, que tenia a veure amb el poble, amb el territori, amb les persones que l'habitaven i el paisatge que coneixia, fet d'oliveres i fruiters.

9
L'excursió

En acabant de desdejunar-se, Mariola va agafar la bicicleta i se'n va anar dreta a ca la seua amiga Júlia. Després de la conversa amb sa mare i son pare, s'havia quedat amb ganes de saber més coses sobre els cultius i les temporades.

–Júlia és al pati –li va dir sa mare, que estava agranant el carrer. Entra i crida-la.

Mariola va travessar l'ampla entrada i la cuina fins a arribar al pati, on l'amiga estava desdejunant-se mentre mirava un vídeo en el mòbil, amb els cascos posats.

–Hola, bon dia –va dir Mariola, però Júlia no la va sentir.

–Bon dia, Júlia –va dir en veu més alta, i allargant molt la *a* final–. Estàs sorda?

Com que la xiqueta continuava sense adonar-se'n i amb els ulls fixos en la pantalla mentre mullava galletes en un got de llet, Mariola va tindre una idea. Va agafar una herba del pati, se li va acostar lentament per darrere i va començar a fer-li cosquerelles al bescoll, just davall de la cua de cavall que Júlia s'havia fet aquell matí.

Júlia, que pensava que era una mosca la que li feia cosquerelles, intentava aüixar-la amb la mà, però «la mosca» sempre tornava. Es pegava palmades al bescoll, primer amb una mà i al final amb les dues. Com que el que feia no donava resultat, la xiqueta va deixar el que estava fent i es va regirar a veure quina bestiola la molestava. I allí estava Mariola, amb l'herba a la mà i un somriure pillet.

–Hola, bon dia, Júlia –va dir de nou–. Què fas?

–Què faig jo? –contestà Júlia enfadada–. Deus voler dir què fas tu. No saps parlar?

–Clar que sé parlar –digué Mariola–, però

tu no em sents. Com que tenies la vista i l'oïda ocupades, he decidit utilitzar un altre dels teus sentits: el tacte.

–Molt graciosa –protestà Júlia–. On vas tan prompte? Havíem quedat?

–No, no havíem quedat, però he pensat que estaria genial fer una excursió, ara que encara no fa massa calor. Vull fer una visita.

–A on vols anar? –digué Júlia mentre s'acabava el desdejuni–. A qui vols fer una visita?

–A ta tia Laura la del Molí, la que du fruita a la tenda de Daniela.

–Per a què? Què vols dir-li?

–No ho sé –contestà Mariola–. L'únic que vull és veure què fa, i que ens conte coses. Potser podem fer-li una foto per a la publicitat de la tenda.

–Bona idea –digué Júlia–. Però tinc la bici trencada. Per favor, acompanya'm a ca David i li demanaré la seua.

Mariola i Júlia anaren fins a ca David, que vivia en el carrer de baix, i li demanaren la bicicleta per a anar al molí a visitar a Laura.

–Però jo també hi vull anar –digué David–. Agafa la bici del meu germà.

–Quina, aquesta? –va dir Júlia espantada assenyalant una bici blava que hi havia al costat de la de David–. Però si és diminuta.

–No és tan xicoteta –contestà David–. La que tenia abans era encara més menuda.

–Amb aquestes rodes tan xicotetes, no arribarem mai –protestà Júlia.

–Només has de pedalar més ràpidament –digué David–. No és tan greu.

–Vinga, no discutiu –va interrompre Mariola–. Anem, que se'ns fa tard.

Com que el primer tram del camí era costera avall, Júlia podia seguir sense problema el ritme dels amics. Però, quan van arribar al pla, li va tocar pedalar molt de pressa per a no quedar-se arrere. Quan van arribar al molí, Júlia estava acalorada i un poc malhumorada, però se li va passar de seguida en veure sa tia Laura i dues persones més, que estaven a la porta descarregant del tractor unes caixes.

–Hola, tia –va dir contenta–. Què feu?

–Hola, Júlia –contestà sa tia–. Estem guardant en el magatzem la fruita que hem collit. Hem anat al camp de bon matí, amb la primera claror del dia, quan encara no fa calor. Així la fruita està fresca quan la collim i guardem. Ara hem parat a esmorzar.

Mentre sa tia parlava, les altres persones, un xic i una xica, acabaren de guardar les caixes en el magatzem i tancaren la porta.

–Vingueu amb nosaltres i mengeu alguna cosa –digué Laura–. Us convide.

Júlia anava a dir que no calia, que acabava de desdejunar-se, però David va parlar abans.

–Moltes gràcies –va dir el xiquet–. No he menjat res des d'anit i estic desmaiat.

Els tres amics van seguir Laura i els ajudants, que es deien Maria i Vicent, fins a l'altra banda del molí, on estava l'entrada a la casa. A la porta, a l'ombra d'una figuera, hi havia una taula i cadires. En un moment, entre tots, van posar gots, coberts i plats. Mentre Laura treia de la casa pa i una truita de creïlles, Vicent va anar a l'horta, que estava al costat de la casa, i va dur unes tomates i un alficòs, que va tallar en un plat, i els va afegir un raig d'oli i sal. Maria va traure un plat de formatge i un altre amb olives partides, ceba en vinagre i altres variants. També van posar en taula cacaus, una botella de vi i una altra de llimonada.

–L'esmorzar és el millor àpat del dia, o almenys és el que més m'agrada a mi –digué Laura.

–I si has estat fent faena des de bon matí, encara està més bo –afegí Maria.

–Nosaltres també hem fet faena –va dir Júlia–, que hem pedalat des del poble.

–Sí, sobretot tu –digué David–, amb aquelles rodetes.

Tots van riure, fins i tot Júlia, que ja estava de bon humor.

En teoria Júlia i Mariola no tenien fam, perquè havien menjat a casa, però van acabar tastant-ho tot.

–Que bones estan les tomates –digué Júlia–. Tenen un sabor increïble.

–Això és perquè han madurat en la mata –explicà Laura–, i perquè estan acabadetes de collir.

–I tant –afegí Vicent–. No han tocat ni la taula. Han anat dretes de la mata al plat.

–Ara és temporada de tomates, veritat? –preguntà Mariola.

–Sí –contestà Laura–. Ara estem en plena temporada de tomates. I també tenim cogombres, bajoquetes, carabassetes, pimentons, albergínies, melons...

–I a l'hivern, què colliu? Perquè a l'hivern no hi ha tomates ni albergínies, no?

–No, a l'hivern no n'hi ha. Aquests són cultius d'estiu –explicà Laura–. A l'hivern tenim carabasses, cols, moniatos, faves, carxofes...

–Crec que m'agraden més els cultius d'estiu –digué David–. No soc jo molt fan de les faves i les carxofes.

–Doncs a mi m'agraden amb bogeria –digué Vicent–. Un estofadet de faves i carxofes, amb ceba, llorer i pebre roig... Per a sucar pa i no parar.

–A l'estiu és quan més hortalisses es cullen –digué Maria–. Potser massa i tot. Jo ja no sé què fer de tanta tomata. Ahir vaig estar tota la vesprada fent conserva. També he posat tomates a secar, al sol. Així, a l'hivern puc continuar utilitzant tomates per a cuinar.

–A l'hivern també hi ha moltes hortalisses –digué Laura–. Tenim espinacs, floricol, fenoll... Cada estació té les seues hortalisses i els seus plats característics. Ara a l'estiu ens agrada molt fer gaspatxo andalús, ben fresquet, o una graellada de verdures, però a l'hivern ens ve més de gust una olleta de fesols, naps i espinacs, o una carabassa torrada.

A la taula ja no quedava quasi res, i Vicent hi va posar unes prunes que havia deixat abans davall de la figuera.

–Ací teniu, fruita de temporada acabada de collir –va dir el xic–. Aquestes estan ben madures perquè tenen alguna picadeta de pardal, i no podem posar-les en les caixes.

–Millor per a nosaltres –digué Maria mentre en pelava una i se la menjava–. Està dolça com la mel.

Entre tots es van menjar les prunes i, després d'alçar taula, van anar a l'horta a regar i a collir. I també a fer fotos de les hortalisses i de Laura, que va posar contenta amb un basquet de tomaques al braç.

Abans de migdia, els tres amics van tornar a casa carregats d'hortalisses i contents pel que havien vist i havien compartit.

10
La parada

El dia que havien triat per a fer la publicitat va començar amb el cel clar, sense cap núvol. Quan Mariola i Elena van arribar a la plaça, carregades amb les teles per a decorar la parada, Amir i son pare ja havien muntat la taula en un racó de la plaça, a continuació de les parades del mercat. També havien instal·lat un tendal, que era una lona subjecta a dos arbres i dos fanals.

–Encara sort que heu posat tendal –va comentar Elena–, perquè d'ací a una estona no hi haurà qui aguante ací, amb aquest sol.

David va arribar amb els fullets i els van col·locar en unes cistelletes d'espart que havia portat Elena, just al costat de les receptes. També van posar uns pitxers amb flors silvestres, les fotos que havien fet en l'horta de Laura i, en un cavallet, el dibuix del logotip que havia fet Júlia, i que sa mare havia emmarcat.

–Quan acabem, li'l donaré a Daniela perquè el puga penjar a la botiga –va dir Júlia–. Crec que ha quedat bé.

–És preciós –va dir Mariola–. Li agradarà molt.

Daniela va arribar acompanyada de son pare. Portaven unes safates amb galletes que havien fet per a oferir de degustació. N'hi havia unes de xocolate i altres d'ametla i aigua de flor de taronger. També van portar una nevera portàtil amb llimonada casolana ben fresca, i gots de cartó.

Encara estaven col·locant-ho tot quan van arribar les primeres visites, que preguntaren curioses què venien en aquella parada tan bonica.

–No venem res –va contestar Mariola–. Estem fent promoció de La Botiga de la Font, perquè coneguen els productes tan bons que tenen.

–Productes del terreny, sans i boníssims –va afegir David donant-los un fullet.

–Tasten, tasten les galletes –va dir Daniela, acostant-los la safata.

–Que bones –va dir la tia Rosa–. Les has fetes tu?, em donaries la recepta?

–Les ha fetes ma mare, amb ingredients que té a la venda a la botiga, i la recepta... –va titubejar Daniela–. Aquesta recepta no la tinc, però...

–La recepta li la porte ara mateix –va interrompre Amir, i va eixir disparat cap a la botiga per a preguntar-li-la a Adela i apuntar-la.

Van passar el matí parlant amb els veïns que s'acostaven, compartint receptes, repartint fullets i parlant de com era de bo menjar coses fetes, sense verins, per agricultors i artesans de la comarca. A mitjan matí ja no els quedaven galletes, i van haver d'anar al forn a comprar pa per a preparar entrepans. En van fer uns de xoriço i uns altres de codony amb formatge, i els van tallar a trossos per a poder convidar a tots els que continuaven acostant-se a la parada.

Quan se'n va anar l'última clienta, el sol estava en el més alt. No quedaven galletes, ni llimonada, ni pa, ni fullets, ni res, i tots estaven contents per

LA BOTIGA
DE LA FONT
LOVE
LA BOTIGA DE LA FONT
LA BOTIGA
DE LA FONT

com de bé havia anat el matí. Es van asseure en els bancs a esperar que hi anara el pare d'Amir a desmuntar el tendal i emportar-se la taula.

–Ha sigut un èxit –va dir Mariola–. Jo crec que ha passat tot el poble per ací.

–Moltíssimes gràcies –va dir Daniela–. Esperem que funcione.

–Ja veuràs com sí –la va tranquil·litzar Júlia–. A tot el món li ha agradat molt.

–I no sabeu el millor –va dir David amb la llibreta a la mà–. He apuntat un fum d'idees i de suggeriments. Voleu sentir-ne algun?

–Clar que sí –va dir Mariola impacient–. Ja estàs tardant.

–La tia Remei diu que ella i la filla fan unes conserves de verdura boníssimes, i que estan pensant a muntar un obrador per a dedicar-s'hi de manera professional. Així que es podrien vendre a la botiga.

–De verdura? –va preguntar Amir sense molt d'entusiasme–, de debò?

–Verdures i també tomata fregida i pericana.

–Ah, d'acord. Això està millor.

–La meua veïna Maria m'ha donat el telèfon d'un amic seu que fa cistelles i cabassos d'espart.

Diu que són molt bonics i que agraden molt perquè van molt bé per a fer la compra sense utilitzar bosses de plàstic.

–Bona idea –va dir Mariola–. D'això tampoc venen al supermercat.

–El meu avi diu que estaria molt bé que a la botiga tingueren més vins i aiguardents de la comarca i de comarques pròximes. Que és una pena que fins i tot als bars posen vi de lluny d'ací, quan tenim vinyes i cellers ben prop.

–Li ho diré a mon pare –va dir Daniela.

–També m'han donat el contacte d'una dona d'ací prop que fa melmelades. M'ha dit que en té de cirera, de poma, de tomata i de més coses.

–La meua àvia fa a vegades melmelada de tomata i està boníssima amb pa i formatge –va afegir Amir.

–Les receptes han agradat molt –va dir Júlia–. Algunes persones m'han dit que els agradaria cuinar més i comprar menys precuinats, però que no saben.

–Daniela, què et sembla si algun dia fem un taller de cuina? –va proposar Mariola–. Portem ingredients de la botiga i cuinem un plat tradicional.

–Cuinem has dit? Qui cuinarà? –va preguntar Daniela–. Jo no m'hi atrevisc.

–Però si portes tres o quatre dies seguits fent coques, o pizzes, o el que siga –va contestar Mariola–. I t'ixen bastant bones.

–Gràcies, però no –va contestar Daniela–. Encara he de practicar molt.

–La meua cosina Carme està estudiant cuina i guisa molt bé –va dir Júlia–. Segur que li agrada la idea. Nosaltres podem ajudar-la pelant verdures i netejant els utensilis.

–M'hi apunte –va dir Amir–. M'encanta cuinar.

–Des de quan? –va dir Júlia somrient–. És la primera vegada que t'ho sent dir.

–Bo –va explicar Amir–, cuinar no cuine molt, però sempre veig els programes de cuina en la tele. I ho tinc dominat. És fàcil.

–M'agrada que sigues optimista –va dir Mariola rient–. David, apunta a Amir com a ajudant per a la sessió de cuina.

–I ara, què fem? –va preguntar Júlia–. Quin és el pas següent?

–Ara, a esperar –va contestar Mariola–. A esperar i a veure què passa.

11
El final de l'estiu

L'estiu va passar veloç, com sempre, amb els dies de sol i les nits estrelades, a la fresca, compartint carrer i conversa amb els veïns. Com cada any, van arribar les festes, amb la romeria, les revetles i el concurs de disfresses. I, com cada estiu, el poble es va omplir amb els paisans que vivien fora, i després, de sobte, es va buidar de nou.

La colla de Santacarrasca va continuar anant a la piscina, fent excursions amb bicicleta i passant de tant en tant per la botiga per a veure com anava la cosa i, de pas, deixar-se convidar a berenar. A mesura que avançaven les setmanes, els amics van oblidar la preocupació i van deixar de pensar que Daniela se n'aniria del poble en començar setembre.

Un matí del final d'agost, Mariola va anar amb sa mare a la botiga. Era l'aniversari de son pare i volien regalar-li una cistella amb «cosetes bones», com ell deia. Van triar una cistella d'espart molt bonica i van demanar a Adela que anara omplint-la. Van posar unes llonganisses seques, formatge d'ovella amb romer, coques d'oli amb anís, un pot de melmelada de figues i un paquet de rosquilletes artesanes.

–A mon pare li encanta banyar les rosquilletes en la melmelada –va dir Mariola.

–No deuria –va afegir Elena–, però hui és el seu aniversari.

–Clar, dona. Menjar és senyal de salut –va dir Adela–. Per cert, Mariola, aquesta melmelada tan bona és d'Aurora, la xica de qui em vau passar el telèfon. Ve cada setmana a portar melmelades i patés de verdures que fa al seu obrador.

–Patés de verdures? –va preguntar estranyada Mariola.

–Sí –va contestar Adela–. De cigrons, d'albergínia... Pren, Mariola. Et regale un pot de paté de bolets. Està deliciós.

–Moltes gràcies. El pose en la cistella amb la resta de cosetes bones per a mon pare.

Elena va mirar al voltant per a comprovar que estaven soles a la botiga abans de començar a parlar.

–Adela –va dir amb veu seriosa–. Fa temps que no parlem, però veig que encara teniu a la porta el rètol de «Liquidació per tancament».

–Ha sigut un estiu estrany per a nosaltres –va començar a dir Adela–. Han passat moltes coses i moltes persones per aquesta botiga. El fullet i la parada que vau muntar a la plaça van mobilitzar el poble, i molts veïns que feia temps que no venien per ací van tornar a fer alguna compra a la nostra botiga. També hem tingut visites d'alguns productors per a oferir-nos els seus productes. Ara tenim, per exemple, tomaques seques d'ací de la zona, que no en teníem, i fins i tot iogurts ecològics de llet de cabra.

–Vaja –va exclamar Elena–. Això és bo.

–Sí, però la botiga es queda xicoteta per a tanta cosa, i no podem ampliar. A més, la quantitat de clients que compren ací de manera habitual continua sent baixa, i quasi tots els que venen busquen coses molt concretes.

–Llavors què fareu? –va preguntar Elena–. Què passarà amb la botiga?

A Mariola li anava el cor a cent per hora. De sobte, es va adonar que l'estiu s'havia acabat i que Daniela se n'anava. Notava les llàgrimes amuntonant-se per a brollar en qualsevol moment. Volia eixir corrents a buscar a l'amiga, però els peus no se li movien del lloc, així que va haver de sentir la contestació d'Adela.

–Que què farem? –va dir–. No ho tenim clar. De moment alliberarem espai en els prestatges i deixarem de vendre alguns productes industrials, com ara cereals ensucrats, galletes, sopes de sobre... També eliminarem els refrescos, que ocupen molt de lloc i, a més, són poc sans. Així tindrem més lloc per a posar les conserves artesanes i els sacs de llegums, que vendrem a granel.

Mariola estava confusa. Mirava Adela, però li costava entendre el que deia.

–Algunes de les famílies que han passat ací l'estiu volen continuar comprant els nostres productes, així que els els enviarem a casa. No sabem encara si posarem una botiga virtual o si agafarem les comandes directament per telèfon. Tampoc hem parlat encara amb cap empresa de transports. La veritat és que algunes de les comandes les podria dur directament Batiste amb la furgoneta, però altres les haurem d'enviar.

–Però, llavors –va reaccionar Mariola–, no tanqueu la botiga?

–De moment, no –va dir Adela amb veu alegre–. Ens donarem uns mesos per a veure com evoluciona la cosa, però pensem que pot anar bé.

–I el rètol de «Liquidació per tancament»? –va preguntar Mariola, que encara no es creia el que estava sentint–. Per què està encara posat?

–Molt senzill –va dir Adela–. El rètol encara està perquè hem estat tan ocupats que no he tingut temps de llevar-lo. Però, si m'ajudes, el lleve ja mateix.

Mariola i Adela van arrancar els trossets de paper de cel·lofan que subjectaven el rètol i el van tirar a la paperera. Adela va aprofitar per a llevar també algun cartell que ja estava passat de data, com el del concert de rock de la setmana anterior i el del curset de natació.

–Mira que bé –va dir Adela–. Així tinc lloc per a anunciar les classes de cuina que començarem la setmana que ve. Us hi apunteu? Les farem a la cuina de l'escola.

–Clar que sí –va contestar Elena–. Apunta'm ja, que no vull quedar-me sense lloc.

Mariola va deixar sa mare i Adela parlant i es va colar per la rebotiga per a entrar a la casa. Daniela estava a la seua habitació, asseguda a l'escriptori, davant d'un dibuix que havia pintat. Era un dibuix del poble, amb el campanar de l'església sobreeixint entre les teulades de les cases i els arbres de l'albereda en primer pla.

–Què fas? –va preguntar Mariola–. Què és aquest dibuix?

–L'estava fent per a endur-me'l a la ciutat i recordar-me del poble i de vosaltres –va dir Daniela–. L'anava a penjar a la meua habitació. Però com que de moment no ens n'anem...

En dir això, els ulls de Daniela van brillar d'alegria. A Mariola, en veure l'amiga tan contenta, se li van escapar unes llagrimetes.

–No plores –va dir Daniela–, que ho hem aconseguit. La botiga va bé, els meus pares estan contents i estarem ací almenys fins a Nadal. I ja

et dic jo que no ens n'anem, perquè tinc el pressentiment que tot anirà encara millor.

–Què faràs del dibuix? –va preguntar Mariola eixugant-se les llàgrimes amb el dors de la mà.

–Li'l regalaré a la tia Mariana –va contestar Daniela–. Així li done les gràcies per la seua ajuda. Però li escriuré una frase.

–Quina frase?

Daniela va agafar un retolador negre i va escriure, amb bona lletra, en la part de baix del full: «La gent no existeix, però el poble sí».

–M'acompanyes a donar-li'l? –va preguntar Daniela, i Mariola li va contestar que sí amb la mirada.

Les dues amigues van passar a la botiga, on les mares parlaven ara amb dues dones més que havien entrat a comprar, i van eixir al carrer. El dia estava ennuvolat. L'estiu acabaria prompte i haurien de tornar al col·legi, però Mariola i Daniela estaven tan contentes com si fora el primer dia de vacances.

Mentre pujaven la costera, el sol els feia l'ullet entre els núvols.

ÍNDEX